Kotter Editorial

coordenação editorial
Sálvio Nienkötter

editor-adjunto
Raul K. Souza

capa
Paula Villa Nova

editoração
Maria Luiza de Carvalho Rodrigues

produção
Cristiane Nienkötter

Dados Internacionais de Catalogação na Publicação (CIP)
Angélica Ilacqua CRB-8/7057

Sezostre, Djami
Çeiva | Djami Sezostre.

Curitiba: Kotter Editorial, 2019.
70 p.

ISBN 978-65-80103-28-7

1. Poesia brasileira I. Título

CDD B869.1

19-0845

Kotter Editorial
Rua das Cerejeiras, 194
82700-510 | Curitiba/PR
+55 41 3585-5161
www.kotter.com.br | contato@kotter.com.br

1ª Edição
2019

cinza

DJAMI SEZOSTRE

KOTTER
EDITORIAL

DIALETO CAIPIRA VIRA POESIA DE VANGUARDA

O Brasil ainda demora a mostrar a sua cara, europeizada (assim se viu no espelho até o Modernismo), porque talvez seja difícil livrar-se de tantos esquemas mentais de herança lusitana, entre outras causas que explicam por exemplo a decadência da universidade e um sem número de problemas inculturais brasileiros. Mas viva Fernão Lopes, Gil Vicente, Vieira, Camões, Eça, Pessoa...

Nunca se pode é esquecer que a nossa língua portuguesa, por inúmeros escritores elevada a momentos de máxima expressividade, no seu status oficial de norma culta, padrão, constitui a língua da classe dominante, exprimindo, portanto, o universo cultural de uma elite que se não deve entender como a cultura do povo brasileiro.

A universidade (porque dela seria esse papel lúcido) desconhece que nos limites da cultura não há superioridade, apenas diferenças, deixando de integrar os "dialetos" e outros traços culturais das camadaspopulares, sem constrangimento, legitimidade, à compreensão do corpus cultural do país. Na afirmação sócio-política e na coexistência dessas diferenças é que uma nação pode se mostrar de corpo inteiro.

E um dos caminhos seria considerar a arte como território comum e único, em que uma forma cultural se manifesta, e não o por manifestações, subestimando e superestimado, em categorias como popular (primitiva, ingênua) versus erudita.

O poeta Djami Sezostre no livro Çeiva parece equacionar a questão com simplicidade.

O conhecimento do dialeto caipira e a conquista da norma culta levaram o poeta a universos culturais diferentes, que ele integra, em Çeiva, ao elevar o dialeto à condição de poesia, de código linguístico para a criação poética e ao enfatizar que o tratamento dado a esse material exigiu uma ciência das suas possibilidades estéticas, a par da melhor tradição literária.

O dialeto comparece em estado bruto, na apresentação de uma poética do insólito. Para tanto, o poeta utilizou-se da escrita fonética: "pardau" por "pardal", "plumag" por "plumagem", "v" por "vê", "i" por "e", "forquia" por "forquilha", "arv" por "árvore"...

Ao propor um outro desenho para a escrita, o poeta estabelece as bases de uma poesia-adivinhação, carta – enigmática, marcadamente lúdica. O leitor constrói o sentido à medida que descobre chaves para esta invenção de novos signos visuais: "... isq ser, porv eredas..."

A oralidade adquire status de vanguarda literária:

invergu passarins nu pó ent
i si ficam posadus in gaios
armu eu a minha pétalapau
pedra-coriscus para acertar
mas eu errância i perversto-

(letra e)

aradas vargs pôr us grãos
o milhor mesmo é – asar
ispigas de milio no seren
óz i pontiar água i fogo
ants q mi farsa dormioco
(letra l)

Como se viu, esta é uma poesia também fortemente carregada da atmosfera da infância, espaço mítico recriado mediante o resgate de emoções e sensações remotas que acompanharam uma trajetória de descobertas.

Por algumas vezes o poeta estranhamente parece visitar as cavernas arcaicas da língua. Por outras, sua escrita lembra o espanhol – mas Minas Gerais recebeu essa influência durante o domínio da Espanha. Os dialetos populares guardam essas surpresas que, aqui, são marcas de poesia.

Çeiva é para agradar leitores modernos, texto eivado de muitos jogos poéticos. O principal, o uso de "portmanteaux" (palavras-valise). Verdadeiros achados, palavras que nascem da aproximação ou superposição de outras palavras: "lã só" ("lã", "só", "lanço"), "asobvio" ("assobio", "óbvio"), "persigno-t" ("persigo", "persigno", "signo"), "ciopó" ("cio", "cipó"), "paistor" ("pau", "pastor"), "sonuturno" ("sono", "soturno", "noturno").

Çeiva: um dialeto e uma cultura sinalizam existência vigorosa, agora código para os processos de invenção da nova poesia brasileira.

Osvaldo André de Mello

Aos animistas
e ágrafos

A Ovídia e Dríade e Jade e Gaia

a

Letra A

asãho o sanhaço na grimpa
imito um pardau e asobvio
prearmo o arremeço i lã só
forquia feito istilínguasti
rubis na átimosfera di minas

eu asa di av i seda, avuo
rãpina léquas di nebrinas
aorta à flora da plumag
plúmeo e fêmeo, láqteo
– dardos i trutas é q lã são

c

Letra C

prântanau ardmiru d long
farfalo u cumi dus serrus
i mi iscondu da cobracoral
ovi um barulio e vi insetus
q ciscais i rebentôo cigarras –

d

Letra D

vadio du cãpu eu-t ispinha
açu de lobera nac plantas
dus dedus dus pés nus sol us
andario gabiroba e joaniños
aondi mi sombrilho di luar

invergu passarins nu pó ent
i si ficam posadus in gaios
armu eu a minha pétalapau
pedra-coriscus para acertar
mas eu errância i perversto –

f

Letra F

percursuor a fozfonti marg
tão margma – o rio paranaíba
d aortaldeia, vrtenti fluq so –
piscoso, difício lagu verdical
isq ser, porv eredas t vetor

Letra G

indizgastu tempo árias –
vendu traíra i uns girinos
q falam viemos é deles
mais cromo, ó meu Deus/
rumor di asas i arvenas

Letra H

visgo prepardo no ciopó
e fico só d ispreita, olho
iando, iscutanu as penas
des pet aladas ao ventar
som de tombu, ver-tig

i

Letra I

pontiar di dedus em mel
abelhas e favos por ti –
ãdor/ rinhas azulão corgu
i cardumi ecos-distants
garças iscam formigas

j

Letra J

aquá rio di mil giras –
sóis e mil e uma jias
q flertam pexesverdis
ex-qcidas dus coaxus
q volvem heras i luas

cimulacros di pores-dsóis
retalínios ora diz flórius
evocães luais no sert~ao
aondi cabelus ao ombru
entou viola sem cordas –

l

Letra L

aradas vargs pôr us grãos
o milhor mesmo é – asar
ispigas d milio no seren
óz i pontiar água i fogo
ants q mi farsa dormioco

m

Letra M

noiti aondi sobra medu
alma taiada de sombração
e cãocera do eito solar –
durmo nu catri di cedru
eu deuz nudu, lobizomis

ninfas excapão da luanuvi
duendis orfeu, o tocador –
canta e rebati longinquo
arabescos q mi bordália
nasc dríade, av magma:

O

Letra O

em pêlunu bosq dansol
ao redor dos carvalios
cabeleras q rubru ao ar –
ispaduas achas i coros d
folias, madona q corôo

p

Letra P

exauru o meu sonuturno
rehabitu a suiti da insônia
por ti é q perfumo breus –
perdurro bem-ti-vis grilos
i teu sonu varar pirilãpos

Letra Q

luzmio brenha i perfaru
tua receia vinhu eclipsi
chov mardrugado a-fora
dócio re-sona luminarpéia
v a lua i colore auroras

r

Letra R

ants abóbadas, eu pintas
silgu-bicu agresti anis –
agora cuidu de ti, azul av
q enxami d avícula vésper
tina vênus istrelunarda

S

Letra S

re-sinus q sulco por ti –
ants d vler-t colibria
eutodofugídionoit-adntro
vacalumis eu nês peras
agora, re-ixisto arags

t

re-messe jardins d mar
garridos jaszmins miosóts
çeiva é teu adro d buqs –
sou teu päistor, ovelhira
i por t fosfore-só arrebol

u

Letra U

verso diamants q sculpu
i infeitu tuas corxas anis –
permeio micos-floraestais
trago roxinóis q amavios
: sinas de vlerlis i pázsara

V

Letra V

viajo vales i vidrilhos
t vagido vaivir virg
vaivirar viço vind-imar
visejas vívida i voeja
volvente v^oovoletrajia

di cetim cirzu tua vesti
i mais du q doar brisas
traspasso por ti zéfiros
ainda nasrentes do lual –
tamen eu, mi rei-nventa

X

Letra X

sigo persigno-t libélula
ou gris álida q desdenhu
di batom a teus lábios –
haja tempestarde e re-lã
pejos t abraçu e dou-mi

y

Letra Y

per pétalas pôr roç/ zeiral
ñu sou eu sêmen t q inatura
advem d ti – ó flor-d-lótus
tua paisag trevu di rosas
eufim flautim por t festins.

KOTTER
EDITORIAL

Kotter Editorial
Rua das Cerejeiras, 194
82700-510 | Curitiba/PR
+55 41 3585-5161
www.kotter.com.br | contato@kotter.com.br

Impresso em Papel Pólen 90g/m²
tipologia predominante Helvetica Neue 14/16 outono 2019